Copyright © DAIVEEK DDESHRAAJ

Made with ♥ on the Notion Press Platform

www.notionpress.com

ख्याति एक कालिमा

DEATH DUE TO FAME

WRITTEN BY :
DAIVEEK DDESHRAAJ

हिन्दी नाटक

पृष्ट

यह नाटक समर्पित है पिता, गुरु - श्री अनिल मिश्र जी को

माता - श्रीमती इंदु मिश्र जी को

बड़े भाई एवं प्रेरणास्रोत - श्री राहुल देव जी को

भाभी - सोनी देव जी को

तथा मेरे सभी गुरुजन एवं सभी आदरणीय निर्देशकों को अथवा उन्हे भी जो नाटक पढ़ने और देखने में दिलचस्पी रखते हैं।

नाटक परिचय

इस नाटक को अगस्त 2019 में खेलने का सम्पूर्ण नक़शा तैयार हो चुका था। प्लान था की इसका मंचन श्री राम सेंटर या लिटल थिएटर ग्रुप ऑडिटोरीअम (LTG AUDITORIUM) मे किया जाए। मंचन के लिए नट और नाटककार दोनों ही भरपूर जोश मे थे लेकिन हुआ वही जो हर नाटककार या निर्देशकों के साथ होता है। शुरुआत के कुछ समय तक पूर्वाभ्यास ठीक से हुआ तत्पश्चात कभी नटी तो कभी नट अदृश्य हो जाया करते थे। अन्ततः उनका जवाब भी एक-एक करके आने लगा की किसी वजह से ये नाटक नहीं कर पाएंगे।

फिर छह महीने बाद फिर से एक नई मंडली के साथ उसी नाटक का पुनः पूर्वाभ्यास आरंभ हुआ। उसके कुछ दिन के बाद ही कोरोना नामक वैश्विक महामारी शुरू हो गई और यह नाटक एकबार फिर ठप हो गया।

लॉकडाउन खुला और स्थिति जैसे ठीक हुई सन 2023 मे इस नाटक के लेखक दैविक देशराज ने बम्बई की तरफ़ अपना रूख़ कर चुके थे एक नई दिशा की तलाश मे। हालांकि कुछ नाटककार एवं निर्देशकों का कहना होता है की वास्तव मे रंगकर्मी वही है जिसे ना ही मीडिया और ना ही बम्बई की चमक धमक से कोई मतलब हो। इस बात को दैविक पूर्णतः नकारते हैं।

दैविक मानते हैं की रंगभूमि/रंगमंच उनकी ही नहीं समस्त रंगकर्मीयों की माँ है, लेकिन माँ की सेवा करने और उनका ख्याल रखने के लिए एक बेटे को समृद्ध होना ही पड़ता है। समृद्ध होने या रोज़गार पाने के लिए उन्हे विदेश तक जाना पड़ता है तो क्या बेटे के अंदर माँ के प्रति प्रेम नहीं रह जाता है? या माँ के अंदर का ममत्व खत्म हो जाता है?

जैसे की हम सब जानते है की नाटककार या रंगकर्मी कहते हैं की "द शो मस्ट गो ऑन" अगर इस वाक्य पे अमल किया गया होता तो जैसे इस नाटक के

पात्र छूमंतर हुए या जो भी परेशानी इस बीच आई उसमे भी या उससे कम संसाधन मे भी इसका पहला मंचन हो गया होता लेकिन लेखक का मानना है की इस नाटक की भव्यता ही इसकी पहचान बनेगी। बतौर लेखक दैविक का एक बड़ा सपना है की उनके निर्देशन मे पहली बार जब भी यह नाटक को खेला जाए उनके <u>पिता-गुरु - श्री अनिल मिश्र जी, माता जी - श्रीमती इंदु मिश्र जी एवं मार्गदर्शक - श्री राहुल देव जी, और गुरु - श्री अशोक कुमार शर्मा जी तथा अभिनय जगत के सारे गुरुजन और कुछ ऐसी शख्सियत जिनको वह अपने अभिनय का गुरु एवं गुरुमाता मानते हैं उन सबका आगमन हो उस क्षण पे और उनसे आशीर्वाद प्राप्त हो।</u>

इस नाटक को लिखने मे ये कोशिश की गई है की लेखन वाले पहलू को कहीं से भी कमज़ोर ना पड़ने दिया जाए हालांकि और बेहतर की गुंजाइश तो हमेशा रहती ही है फिर भी हम जानते है आप बतौर निर्देशक, अभिनेता, मेकप आर्टिस्ट, सेट डिजाइनर, कास्ट्यूम डायरेक्टर, प्रॉप्स डायरेक्टर, लाइट डिजाइनर, म्यूजिक डिजाइनर एवं अन्य क्षेत्र से जुड़ के दिन-रात कितना अथक प्रयास और मेहनत कर रहे होंगे इस नाटक को बेहतर बनाने और दिखने में। तो इसी के साथ हमारी जिम्मेदारी भी बढ़ जाती है की हर बार कुछ अच्छा लिख के आपको भेंट करते रहे।

आप सभी अनुभवी निर्देशकों को मेरा प्रणाम यह एक कोशिश की गई है हमारे द्वारा आशा करते हैं की आपको पसंद आए। आप सभी श्रेष्ठ जनों से अनुरोध है इस नाटक का जितना ज़्यादा से ज़्यादा हो सके मंचन कीजिए। बस daiveekddeshraaj@gmail.com पे हमें एक मेल कर दीजिए ताकि हमें भी पता चले की कहाँ-कहाँ से इस नाटक को प्यार मिल रहा है, और अगर हम कहीं आस पास हुए तो इसका मंचन भी देखने आ सकेंगे और जिस से आप सब से कुछ न कुछ सीखने का सौभाग्य भी मिलेगा।

आप सभी दर्शक और पाठकों से विनम्र निवेदन है की इस नाटक की भव्यता आपके प्यार और इस नाटक को देखने के ऊपर है तो कृपया जब भी इस नाटक को खेला जाए आपलोग स-परिवार आइए और हमें अपना प्यार और आशीर्वाद दीजिए, सहृदय धन्यवाद।

लेखक परिचय

नाम: दैविक देशराज

जन्म: 16 अगस्त 2001

मेरा नाम दैविक देशराज है, मैं मुख्यतः एक अभिनेता हूँ। पिछले कई वर्षों से मैं रंगमंच से जुड़ा हुआ हूँ। मै सौभाग्यशाली खुद को मानता हूँ की पटना, लखनऊ, दिल्ली, मुंबई के ढेरों गुरुओं से सीखने का अवसर मिला। नाटक करने और सीखने के क्रम मे कुछ शॉर्ट फिल्म भी बनाई और कुछ मे AS AN ACTOR काम भी किया। गुरुजन के आशीर्वाद से जब 2023 में मुंबई आया तो AS A CASTING ASSISTANT काम किया, बतौर अभिनेता एक FEATURE FILM भी की, फिर कुछ कहानी लिखी उस पे फिल्म बनाई, SCREEN WRITER ASSOCIATION का मेम्बर बना, एक हिन्दी फिल्म में

AS AN ASSISTANT DIRECTOR, CASTING DIRECTOR, DIGITAL IMAGING TECHNICIAN इतना ही नहीं बल्कि FILM MAKING के हर छोटे बड़े पहलू पे काम किया और ढेरों चीजें सीखी। फिर एक बड़े ब्रांड के लिए STORY BASED ADVERTISEMENT किया। हालांकि कक्षा पाँचवी-

छठी से खुद नाटक लेखन और निर्देशन कर कर के सीखने लग गया था। बहुत लंबे समय की कोशिश और माता - श्रीमती इंदु मिश्र जी तथा पिता-गुरु - श्री अनिल मिश्र जी के आशीर्वाद और बड़े भाई एवं प्रेरणास्रोत श्री राहुल देव जी और भाभी - श्रीमती सोनी देव जी की वजह से इस नाटक को लिखने के लिए सकारात्मक ऊर्जा मिली। मेरे सभी गुरुओं को प्रणाम जिनकी शिक्षा ने मुझे इस काबिल बनाया है।

दैविक देशराज

पात्र परिचय

1. प्रथम दुबे
2. मस्ताना चाचा
3. बलवंती चाची
4. जगदीश सिंह (अनाउन्सर, गाँव वाला)
5. प्रताप (राजा महाराजा, गाँववाला)
6. रचना ठाकुर (अभिनेत्री, गर्लफ्रेंड)
7. सुरेश गुप्ता (मजदूर, गाँव वाला)
8. दिनेश वर्मा (मजदूर, गाँव वाला)
9. कुछ दूर दूर से आयें श्रोता एवं दर्शक
10. दिगम्बर पटेल (मिठाई वाले)
11. सुनीता देवी (नाश्ता वाली)
12. ललन मोची
13. नैना
14. अरुण गोपाल
15. नरेश नागपाल
16. यशवंत साहू
17. शाश्वत त्यागी

पहला दृश्य

[क़रीब 4 बजे के 44 मिनट का समय हो रहा है, स्टेज पे घना अंधेरा है और स्टेज के दाहिने तरफ़ एक चबूतरा और एक पेड़ है। बायें तरफ़ एक चाय की टपरी है जिसपे मस्ताना चाय लिखा है और वही टपरी के पास कुछ बेंच और टायर रखा हुआ है। स्टेज के बीचों बीच एक बड़ा सा बोर्ड दिख रहा है मधू पुर रेल्वे स्टेशन का, वहीं पे एक 45 वर्ष का विकलांग आदमी सोया हुआ है। बादल की तेज़ गड़गड़ाहट और रोशनी स्टेज पे आ रही है और तेज हवाओं के साथ पत्ते स्टेज पे गिर रहे है।

गायक : एक वृक्ष सालों से है मौन खड़ा, एक वृक्ष सालों से है मौन खड़ा, एक तृष्णा, ज्वाला, लहू लिए, राहगीर राह में है कुंचित पड़ा। बिधना की व्याख्या किसको सुनाएँ , जब काया ही जल गई हो तो मरहम हम कहाँ लगाएँ

[गाना जैसे खत्म होता है तो देखते हैं एक 67 साल का बूढ़ा व्यक्ति जिसका नाम मस्ताना चाचा है वो अपने एक हाथ मे वैशाखी और दूसरे मे दुकान ढकने के लिए काला प्लास्टिक और टॉर्च लिए स्टेज पे दाखिल होता है। देखते हैं मस्ताना के मुंह मे बुझी हुई बीड़ी है। मस्ताना चाचा आकार सारा समान प्रथम दुबे के पास रख देते हैं और पहिया वाली कुर्सी लाने चले जाते हैं।

मस्ताना चाचा : कितनी बारी बोला की अगर मौसम खराब रहे तो बाहर मत सोया कर, लेकिन नहीं रस्सी जल गई लेकिन अकड़न नहीं गई।

[पहिये वाली कुर्सी लाकर प्रथम दुबे के पास मस्ताना चाचा रोक देते हैं और प्रथम के बगल मे ही बैठ के माचिस से बीड़ी जलाने लगते है]

मस्ताना चाचा : उठ जाओ साहब सपने देखने से अगर फुर्सत मिल गई हो तो आँखें खोल के असल दुनिया भी देख लो।

प्रथम दुबे : चाचा, ठोकर-सम्मान, देना-लेना इतनी सी ही ज़िंदगी मे ज़िंदगी का हर ढंग देखा है, इस नई नवेली नजर पे तो अब सफ़ेद नक़ाब पड़ गया है जब से हमने कमबख्त उलफ़त का वह गहरा रंग देखा है।

[मस्ताना चाचा दुबे को सहारा देकर उठाते हैं और पहिये वाली कुर्सी पे बैठा देते हैं और अपना सारा सामान वहाँ से उठा कर अपनी टपरी की तरफ चल देते हैं। दुकान को देखा जाता है की सब अस्त व्यस्त पड़ा हुआ है और धूल मिट्टी जमी हुई है। मस्ताना चाचा झाड़ू उठा के साफ सफ़ाई और दुकानदारी की तैयारी करने लगते है]

मस्ताना चाचा : तुम्हारी बात और घोड़े की लात, साला हमको पता नहीं चल रहा की तुम अभी भी किस दुनिया मे जी रहे हो। आज से 15 बरस पहले वाला

जबाना नहीं रहा की पटना-इलाहाबाद से रेल ठूस ठूस के मधूपुर आती थी और शाम को लोगों को लेकर यहीं से लौट जाती थी। ना वो तुम लेखक प्रथम दुबे रहे

जिसके नाम से लोग मधूपुर को जानते थे। जिसकी शायरी और कविता सुनने के लिए लोग उमड़ पड़ते थे,

वो प्रथम दुबे जब "दम घुट जाएगी अंधेरे में" नाटक करता था तो लोग देखने के लिए रेल के डिब्बे के ऊपर बैठ के आते थे। आज अपाहिज हुए बैठे हो कोई सियार कुत्ता आके हड्डी या गोस्त नोचने लग जाए ना भाग सकते हो ना भगा सकते हो।

प्रथम दुबे : किस्मत ही खराब होंगी उनकी जो हमारे पास आएंगे, इतनी लजत है कहाँ इस दुबे के बदन में इधर से नोचेंगे तो नाटक और इधर से नोचेंगे तो शायरी पाएंगे।

[तब तक पीछे से स्टेज पे बलवंती चाची का गुस्से में प्रवेश, देखा जा रहा है की बलवंती चाची के हाथ में एक न्यूज़पेपर एक देगची में दूध और छाता है]

बलवंती चाची : हम तो कहते हैं की खा क्यूँ नहीं जाते कम से कम हमारी रोज़ी रोटी तो नहीं खाता ये कोढ़ी कहिका। इसकी ही मनहूसियत की वजह से जो कभी मधूपुर में भीड़ लगा करती थी आज एक अंडा तक नहीं आता है। इस तिल तिल के मरने से अच्छा है काहे नहीं एक ही बार में हमको मुआ देता है, या अपने जैसा अपाहिज ही करदे कम से कम एक कटोरा लेके उस से भीख मांग के पेट तो भर सकेंगे।

[मस्ताना चाचा बलवंती चाची का हाथ ज़ोर से खिंचते हुए एक कोने में लेकर गए और फुसफुसाहट से बलवंती चाची से बात कर रहे हैं]

मस्ताना चाचा : बलवंती तू पागल हो गई है का? पता है तोहके का बोल रही है एहिजा तोहर चाहे हमर बाप नाही लेकर आए रहे, हम भी उ भीड़ की तरह ही आए रहे और जो आज तोहके अपाहिज और कोढ़ी लग रहा है ये वही है जिसने सर छुपाने के लिए खोली और और रोज़गार के लिए ये टपरी दिए रहा।

बलवंती चाची : तो का, तुम ही जपते रहो उनकरे नाम का 108 माला, हम नाही जपेंगे आज जो एक फूटी कौड़ी तक के लिए अज़ुर्माद है तो इसका कारण भी तो यही कोढ़िया है। और तुम बहुत धर्मात्मा हो गये हो न, आज से जब तुमको भी खाना नहीं मिलेगा तब देखते है कैसे दानवीर कर्ण बनते हो। छोड़ो हाथ हमार।

[मस्ताना चाचा से बलवंती चाची हाथ छुड़ाके गुस्से मे दुकान की तरफ़ बढ़ती है, बलवंती चाची एक ईंट पे बैठ के एक गंदा पतीला साफ करने लगती है]

मस्ताना चाचा : हर बख़्त ऐसा मत बोल बलवंती इसके आगे पीछे हमारे सिवा कोई नहीं है। हम जानते है की तुमको किस बात का खुन्नस है लेकिन यह भी तो देख की जब सब ठीक था तो इसने हमारे लिए इस गाँव के लिए क्या कुछ नहीं किया। बदले में मैंने, तुमने और इस गाँव ने दुबे को क्या दिया?

[बलवंती चाची उठ के आके चूल्हा और डब्बा साफ सफ़ाई करने लगती है]

बलवंती चाची : क्यूँ दे कोई, किया क्या है? किस चीज़ का इतना गुणगान गा रहे हो इस चरित्र भ्रष्ट का। जो यह भोग रहा है

अपनी रंगरलिया करने की वजह से भोग रहा है और इसके साथ साथ पूरा गाँव भी भोग रहा है। शर्म भी नहीं आती इस निर्लज्ज को अगर आती तो कब का आत्महत्या कर लिया होता नीच कहिका। भूल गया कितना गाँव वाले इस निकम्मे को....

[स्टेज पे जो स्थान या किरदार दिख रहा है वो चाहे चबूतरा-पेड़, चाय की टपरी, स्टेशन अथवा प्रथम दुबे, बलवंती चाची या मस्ताना चाचा वो सब अपनी जगह पे ठहर से गए है और स्टेज पे सब धीरे धीरे धूमिल हो रहा है।]

FADE OUT

FLASHBACK BEGINS......

दूसरा दृश्य

[अब स्टेज एक नए रूप मे दिख रहा है, देख के ऐसा लग रहा है जैसे कोई पारसी शैली के नाटक का मंचन हो रहा हो। स्टेज पे देखा जा रहा है एक दीवार और कुछ ईंट रखी हुई है और स्टेज अनाउन्सर अपने बेबाकी अंदाज से स्टेज को संभाले हुए हैं]

जगदीश/अनाउन्सर : हाज़रीन मधू पूरिया ड्रामा कंपनी पेश करता है नया नाटक "दम घुट जाएगा अंधेरे मे" जिसके लेखक और निर्देशक है वो जिनकी प्रसिद्धि उनके दुश्मनों को चुभे, जी जी आप सही अनुमान लगा रहे है आपके और हम सबके पसंदीदा श्री प्रथम दुबे।

अवाज़ : अरे भैया पिछले नाटक से का अलग है इसमे?

जगदीश/अनाउन्सर : इस बार भेद करेंगे छिपकली या गिरगिट को उसके रंग से, अमूमन रंगमंच के कलाकारों की एंट्री बहुत सादगी से होती है जो इसकी खूबसूरती है लेकिन इस कहानी के हीरो की एंट्री होगी अलग ढंग से। तैयार हैं तो जोरदार ताली बजाइए.....आपके सामने पेश करने जा रहे है मधू पूरिया ड्रामा कंपनी का ऐतिहासिक नाटक "दम घुट जाएगा अंधेरे मे"

FADE OUT – CONT

[एक बड़े साइज़ की कुर्सी दिख रही है जिसपे कोई राजा-महाराजा जैसा कोई आदमी बैठा है और उसके कदमों मे एक लड़की बैठी अपने प्यार की भीख मांग रही है और बिलख-बिलख कर रो रही है और कुछ मज़दूर दीवार में प्रथम को ज़ींदा चुन रहे हैं उन्ही को राजा देखता हुआ उनके करीब जाता है]

प्रताप/राजा : क्यूँ प्रलाप कर रही है लड़की। आज तेरा बाप वर्तमान को इतिहास से जोड़ेगा, आवाज़ यहाँ तक आएगी जब आज फिर एक प्रेमी दीवारों के बीच कराहते हुए अपना दम तोड़ेगा। हाहाहाहाहाहा हाहाहाहाहाहाहा

रचना/अभिनेत्री : बाबू जी रहम कीजिए उसे बाहर निकाल दीजिए आपको कमली दासी की कसम। आप को ज़रा भी रहम नहीं आ रहा मेरे महबूब पर, बेचारा कंबल से मुंह ढक लेता था तो उसकी सांसें फूल जाया करती थी। बेबी अंदर से रोना शुरू करो न आँसू से क्या पता नई चिनाई है दीवार ही ढह जाए। बेबी रोओ ना प्लीज।

[यह सब बातें सुन के प्रताप/राजा मुस्कुराते हुए स्टेज से निकल जाता है उसके पीछे पीछे दोनों मजदूर भी निकल जाते हैं उसके पीछे पीछे गुहार लगाते रचना/अभिनेत्री दौड़ती है की बाबू जी छोड़ दो उसने इन्श्योरेन्स भी नहीं कराया है। उसी बीच मे जगदीश नाटक के पार्टनर्स का प्रचार करने आ जा रहा है]

जगदीश/अनाउन्सर : देख लिया अपनी लापरवाही का नतीजा। घबराओ मत अभी भी वक़्त है एक प्रक्रिया फ़ॉर्म भरवालो, क्या

पता कल तुम्हें भी दीवार मे चुन दिया जाए तो देर मत करो आज ही अपने नाम से इन्श्योरेन्स करवा लो। तालियाँ -तालियाँ।

[देखते है दौड़ती हुई रचना/अभिनेत्री स्टेज पे आती है और कभी इधर कभी उधर हर तरफ़ किसी को आवाज़ लगा रही है की कोई तो बचालो। फिर दीवार के पास रोती हुई जाती है]

रचना/अभिनेत्री : कोई नहीं सुन रहा मेरी आवाज़ सारे बेवफ़ा हो गए है। यह हवाएँ, यह फीज़ाए, यह धरती, यह अम्बर, यह दरिया, यह समंदर सब के सब। मत दो मेरा साथ मैं अकेले लड़ लूँगी अपने प्यार के लिए, बेबी घबराना मत मैं मरते दम तक तुम्हारे साथ ही हूँ। (धीमी सी आवाज़ में) बेबी नींद लग गई क्या। डर तो नहीं लग रहा है अंदर? सुन रहे हो? मत सुनो तुम भी मत सुनो अब मैं उसका प्रयोग करने जा रही हूँ जिसका सतयुग, द्वापरयुग, त्रेतायुग सबमें प्रयोग किया गया है, ब्रह्मास्त्र का संधान। बेबी तुम्हें तुम्हारे खाये हुए CERELAC की कसम इस दीवार को तोड़ दो, तोड़ दो, तोड़ दो।

[फिर जगदीश/अनाउन्सर स्टेज पे आकर CERELAC का प्रचार करने लगता है]

जगदीश/अनाउन्सर : मधूपूरिया ड्रामा कंपनी पेश करता है "दम घुट जाएगा अंधेरे मे" जिसका पावर पार्टनर है CERELAC। ले लो

महीने का 300-400 ही दाम आएगा, खिलाओगे बचपन मे और बुढ़ापा तक काम आएगा। इसी बात पे एक बार ज़ोरदार तालीयां........

[अचानक बिजली कड़कती है तेज आसमान की आवाज़ के साथ पूरे स्टेज पे FOGG दिखता है, तभी तेज आवाज़ के साथ दीवार गिरती है। चारों तरफ़ ईट दिख रही हैं, खून से लथपथ प्रथम दुबे दीवार से बाहर निकलता है। बैकग्राउंड मे गाना चल रहा है - अंधेरी रातों मे सुनसान राहों पर हर जुल्म मिटाने को एक मसीहा निकलता है जिसे लोग शहंशाह कहते है।]

प्रथम दुबे : एक अरदास थी तुम्हारी की यह मुक्कमल ज़िंदगी साथ बिताए, आज मौत को मात देकर खड़ा हूँ सीना ठोक के, जो बात करते थे लाश बिछा देंगे वो कहाँ है आए और आके बिछाए।

[तभी रचना और प्रथम की नजर एक दूसरे पे पड़ती है दोनों एक दूसरे को गले लगा लेते है और थोड़ी देर के बाद एक दूसरे की आँखों मे देखने लगते

है। पीछे से तेरी दीवानी कैलाश खेर जी का गाना शुरू हो जाता है। गाना जब खतम हो जाता है तो जगदीश/अनाउन्सर मंच पर आ जाता है।]

जगदीश/अनाउन्सर : यह था मधूपूरिया ड्रामा कंपनी का ऐतिहासिक नाटक "दम घुट जाएगा अंधेरे मे" और इसी के साथ हमसब आपको धन्यवाद देना चाहेंगे की आपलोग इतनी दूर दूर से इस नाटक का मंचन देखने आयें। ऐसे ही हमारा हौसला अफ़जाई करते रहिए, आप सबका तहे दिल से बहुत बहुत शुक्रिया। बहुत कम देखा है इस तरह का जन सैलाब किसी नाटक में, किसी ने

बताया की कोई चंपारण तो कोई मऊ, रोहतास, आजमगढ़, बस्ती, बरैली, अयोध्या, गोरखपुर, कुशीनगर, कानपुर, जौनपुर, बनारस, मथुरा, बक्सर, भागलपुर, लखीसराय, आरा, सिवान, छपरा जैसी जगहों से चल के लोग इस नाटक को देखने आयें है। सच मे आपलोग हमपे जो बरसाते हैं वो इतना सा प्यार नहीं पूरा का पूरा बम है, उस बम से हम बिखरते नहीं निखर जाते है तो इसी पे दो लाइन कहना चाहूँगा, की आप लोग जो बरसाते हैं वो प्यार नहीं बम है और चाह के हम कितना भी कुछ दे दे वो आपके प्यार के सामने बहुत कम है।

[इसी के साथ धीरे धीरे स्टेज पर अंधकार आने लगता है और साथ ही पीछे से हारमोनियम की आवाज आ रही होती है।

FADE OUT

तीसरा दृश्य

[देखते है कुछलोग दर्शकों की तरफ पीठ करके बैठे हुए है और स्टेज वही है पहला दृश्य वाला। स्टेज के दाहिने तरफ़ एक चबूतरा और एक पेड़ है और बायें तरफ एक चाय की टपरी है जिसपे लिखा है मस्ताना चाय और वही कुछ बेंच और टायर बैठने के लिए रखा हुआ है। स्टेज के बीचों-बीच के एक बड़ा सा बोर्ड दिख रहा है मधूपुर रेल्वे स्टेशन का। उसके अतिरिक्त एक बाहर टिकट काउन्टर, कुछ साइकिल, खाने पीने का छोटा छोटा स्टॉल, एक मोची भी वही बैठा हुआ है, एक चौकी जैसा बैठने के लिए भी है उसपे एक हारमोनियम रखा हुआ है वही प्रथम दुबे बैठ के लोगों को शायरी और कविता सुना रहा है]

प्रथम दुबे : उनलोगों के लिए दो लाइन जो शायरी को वक़्त की बर्बादी मानते है। जो तुम तौहीन कर रहे हो शायरी की वो दरअसल ज़िंदगी का अनादर है, कभी आओ बैठो हमारे साथ इस मुख्तलिफ़ नशे को साथ करते हैं वरना जहां मे रहना ना रहना बराबर है।

[तब तक देखते हैं की बलवंती चाची खूब प्यारी सी मुस्कान के साथ नमकीन और चाय लेकर आ रही है]

बलवंती चाची : बेटवा हई चाह नमकीन खाई लो दिन भर बोलते रहत हो, तनिक देही पर भी ध्यान दो बचवा देह से बड़का थोडी कुछहू है। तुम लोग काहे एह तरीका से देखे जा

रहे हो हम इनकी माँ तो नहीं लेकिन माई जैसी जरूर हैं, और ई हमार बेटा जईसन है।

[कह के पुराना ग्लास उठा कर खुशी खुशी अपनी टपरी की तरफ चली जाती है और प्रथम अपनी शायरी जारी रखता है]

प्रथम दुबे : तो क्या कह रहा था, हाँ एक किस्सा बताता हूँ। एक लड़की थी जो मेरे लिए ऐसी थी मानो वो सैन्डल से पैर निकाल के धूल मे रख दे तो वो धूल मेरे लिए गुलाल बन जाता था। जबकि मुझे पता था की दिल्लगी मेरे लिए नहीं बनी पर क्या कर सकते थे। सुनना, किसी के नजदीक आना मेरी कमज़ोरी फिर भी होशो हवास मे मैंने कमज़ोरी को ही चुन लिया, और उस सादगी प्रिय को ज़रा भी इल्म ना हुआ मेरे इश्क़ का, उसने मोहब्बत को ATTRACTION कह दिया और मैंने मुस्कुरा कर सुन लिया। फिर एक वक़्त के लिए सब ठीक हुआ।

फिर एक शाम उस दरख़्त के पीछे से आवाज आई, नहीं हूँ तुम्हारे लायक तुम कोई और देख लो। चाहता तो जुबानी जंग हो सकती थी लेकिन बड़े रोमांटिक तरीके से कहा की हमेशा उफ़ान पे रहने वाला समंदर भी मौन है तुम्हें तुम अच्छी नहीं लगती लाख कमियाँ गिनाती हो पर मेरी नज़रों से देखो ना तुम जैसा कौन है? फिर भी मासूमियत के साथ कह कर चली गई की दोनों को प्राण से प्रिय था यह रिश्ता लेकिन क्या कर सकते है चलो हंसी खुशी इसे बलि की आग मे झोंक देते है, बस कसम ही तो खाई थी साथ चलने की तो क्या हुआ अब भी कुछ बिगड़ा थोड़ी है दोनों साथ मिल कर कदम को रोक लेते है।

उस समय 25-28 की उम्र मे होश कहाँ रहता है जैसे जैसे उम्र बढ़ती है तब समझ आया की जो तुम्हें पसंद करते है उनसे लाख दूरी बनाना चाहोगे फिर भी वो तुमसे जुड़ जाएंगे, और जिनको तुम पसंद नहीं उनके लिए लाख LOVE, CARE, RESPECT से एक पिंजड़ा क्यूँ ना बना दो एक झटके मे वो पिंजड़ा तोड़ के तुम्हारे सामने से उड़ जाएंगें।

[तभी कुछ नाश्ते वाले दुकानदार आते है की भैया आप यह लो खाना खाओ तभी प्रथम मना करता है खाने से, मुझे मुफ़्त की कोई चीज पसंद नहीं है आपलोगों को पहले भी कई बार बता चुका हूँ। दुकानदार बताते है की रोज़ीरोटी अच्छी चल रही है आपकी मेहरबानी से इतना तो हम कर ही सकते है। प्रथम इनकार करता है की जो कुछ अच्छा हो रहा है आप लोगों की मेहनत की वजह से हो रहा है। और उनको यह कह के भेज देता है की मुझे भूख लगेगी तो मैं आपके पास से खरीद के खा लूँगा आपलोग दुकान देखो। वो लोग खाना लेकर लौट जाते है]

प्रथम दुबे : तब किसी की कहि हुई बात याद आई की यहाँ कोई किसी से इत्तिफाक़ से नहीं किसी ना

किसी मकसद से जुडते हैं समझ जाना चाहिए की यह मतलब का आसमान है यहाँ परिंदे से ज़्यादा लोग उड़ते हैं। लेकिन शायर दिल चुप कैसे रहता तक कह दिया की जितनी मज़बूरीया हैं उन्हे दरकिनार करके आओ सच्चाई, वफ़ा, इज़्ज़त और प्रेम की नैया पसंद नहीं है तो मुंह पे इनकार करके जाओ, खैर इस बार मीरा की तरह धैर्य की परीक्षा हम देंगे जाओ जिनसे प्यार है पहले उन्ही से प्यार करके आओ।

जब अंततः कोई विकल्प नहीं दिख रहा था तब लोगों के द्वारा यह समझाया जा रहा था की ज़िंदगी इतनी छोटी नहीं है उन जैसे अभी हजारों मिलेंगे, लेकिन मैं अंतरद्वंद मे पड़ा हुआ था की कमी रह कहाँ गई। कई बार प्रयास किया की सब ठीक हो जाए लेकिन हर बार नफ़रत बढ़ती ही जा रही थी तो अब मुझे धीरे धीरे समझ आने लगा की बहरहाल मोहब्बत जताना या कुछ कहना फ़िज़ूल है मेरा इश्क़ और उनकी नफ़रत ही उसूल

है ज़िंदगी में कई ऐसे मुकाम आते है जिनको ना चाह
कर भी अपनाना पड़ता है तो ठीक है अब से आपकी
नफ़रत भी हमें कुबूल है।

गौर फरमाइएगा उस प्यार को तक़दीर का नाम दे रहा
हूँ तो प्लीज समझ जाइएगा। की जिस तक़दीर पे नाज़
था हमें, वो तक़दीर नफरत नाम के कंकर से फुट गई,
अक्सर होता है की दिल टूटने पे लोग

शायरी करते हैं लेकिन इस शायर की शायरी अधर में
ही छूट गई।

[बैठे बैठे कुछ लोग वाह वाही दे रहे है कुछ लोग ताली बजा रहे है। पीछे स्टेशन
से ट्रेन की घोषणा सुनाई देती है की ट्रेन संख्या 01019 अपने निर्धारित समय
से चल रही है]

प्रथम दुबे : अब समय हो गया है हमारा विदा लेने का और
आपकी ट्रेन भी आ ही रही है। आप सब अच्छे से घर जाइए फिर
मिलते है कुछ नई शायरी लेकर। नमस्कार

[देखा जाता है की कुछ लोग उठ के खाने लगते है, कुछ चाय पीने लगते है,
और कुछ टिकट ले रहे होते है। धीरे धीरे मंच से प्रकाश धूमिल होने लगता है]

FADE OUT

चौथा दृश्य

[स्टेज वही है पहला दृश्य वाला। स्टेज के दाहिने तरफ़ एक चबूतरा और एक पेड़ है और बायें तरफ एक चाय की टपरी है जिसपे लिखा है मस्ताना चाय और वही कुछ बेंच और टायर बैठने के लिए रखा हुआ है। स्टेज के बीचों-बीच के एक बड़ा सा बोर्ड दिख रहा है मधूपुर रेल्वे स्टेशन का। उसके अतिरिक्त एक बाहर टिकट काउन्टर, कुछ साइकिल, खाने पीने का छोटा छोटा स्टॉल। एक मोची भी है। प्रथम दुबे चाय की टपरी पे बैठे हुए हैं और बलवंती चाची चाय लाकर देती है फिर बिस्किट भी]

बलवंती चाची : बेटवा हई लो चाय पीलो हम तो भूली गई रही की बिस्कुट भी लाई रही तोहरे वास्ते हई लो बिस्कुट भी खाई लो।

प्रथम दुबे : चाचा आइए साथ बैठ के चाय पीजिए, मैं क्या सोच रहा हूँ न चाचा की एक चापाकल यहाँ पे कहीं लगवा देते हैं जिससे गाँव के लोगों को और उनके साथ साथ जो बाहर से लोग आ रहे हैं उनको भी सहूलियत होगी।

मस्ताना चाचा : हाँ बेटा, जब इतने इतने लोग एक साथ पानी पीने के लिए दुकानों पर आ जाते है तो बाल्टी से पानी ख़त्म होते देर नहीं लगती।

प्रथम दुबे : हाँ देखा कल कैसे नाश्ता वाली सुनीता भौजी पानी पे पानी ढोकर ला रही थी। अच्छा ठीक है मंगलवार को मैं एक चापाकल और चार पाँच पेड़ लगवा देता हूँ ताकि कुछ साल के बाद जब लोग आए तो उसका छाया भी ले सकें।

[प्रथम दुबे उस काम करते हुए मोची को देख के उसके पास चले जाते है हाथ मे ग्लास और बिस्किट लिए और पूछते है]

प्रथम दुबे : काका ठीक हो, कैसा चल रहा है धंधा पानी?

ललन मोची : कलकत्ता से बहुत अच्छा है बबुआ, तोहरी कृपा से हम एहिजा दोकान कर पा रहे है। सच बताई तो ई तोहर एहसान जिनगी भर हम नहीं भूल पावेंगे।

प्रथम दुबे : अरे काका छोड़ो काहे का एहसान, ये लो बिस्किट खाओ चाय पियोगे?

ललन मोची : नहीं बबुआ हम नहीं पियेंगे।

प्रथम दुबे : अरे काका, काम तो ज़िंदगी भर ही करना है आओ साथ बैठ के एक आध कप चाय पी लेते हैं। आओ उठो।

[प्रथम दुबे ललन मोची के कंधे पर हाथ रख के मस्ताना चाचा की टपरी की तरफ़ लेकर जाते हैं]

प्रथम दुबे : चाची दो चाय दे दो।

बलवंती चाची : ई लो बेटवा, तुम हू लो। पानी दें?

ललन मोची : ना ना हम लेई लेंगे जरूरत होवेगी तो।

[तब तक हाथों मे मिठाई और ग्लास मे पानी लिए दिगम्बर और सुनीता देवी आती हैं प्रथम दुबे के पास]

प्रथम दुबे : आपलोगों को कितनी बारी मना किया है की मुझे मुफ़्त की चीज़े नहीं पसंद और भौजी आप हर रोज़ यह क्या लेकर आ जाती हो ये क्या लगा रखा है कभी पत्नी तो कभी पति।

दिगम्बर पटेल : भईया आज तो खुशी से लेकर आए रहे की आपका मुंह भी मीठा करा दूंगा और ख़बर भी सुना दूंगा।

प्रथम दुबे : क्यूँ क्या खुशखबरी है भाई? बताओ बताओ।

सुनीता देवी : हमारी मुनिया है ना वो नैना जिसको आप कलकता पढ़े तिर भेजे रहे।

प्रथम दुबे : हां हां क्या हुआ?

दिगम्बर पटेल : भईया उ क्लास 10 मे टाप की है कल ही उसका रिजल्ट आया।

प्रथम दुबे : अरे अरे क्या बात है यह तो बड़ी अच्छी खबर दे दी आपलोगों ने लाओ मिठाई खिलाओ। चाची आओ मिठाई खाने, काका यह आप लो, चाचा यह आपके लिए, यह इतना मैं ले लेता हूँ।

[दिगम्बर थोड़े ईमोशनल हो जाते है और प्रथम के पैरों के पास आकर बैठ जाते हैं]

दिगम्बर पटेल : भईया आपका एहसान हम से किसी जन्म मे नहीं उतर सकता। दर दर ठोकर खा रहे को सहारा दिया, काम दिया बच्ची को पढ़ाया आज इस लायक बनाया। आप भगवान हैं हमारे लिए।

प्रथम दुबे : ऐसे मत बोलो भाई आपका पूरा परिवार ही अच्छा है इसलिए आपलोगों के साथ सब कुछ अच्छा होता है। जहां तक मुझे याद आ रहा है बिटिया तो जब सातवी में थी तब गई थी न हॉस्टल?

दिगम्बर पटेल : जी छह क्लास पढ़ के गई थी।

प्रथम दुबे : अब तो काफी बड़ी हो गई होगी, है न?

सुनीता देवी : हाँ बड़ी और समझदार दोनों हो गई है। एकदम बूढ़ी नानी जैसी समझदारी भरी बात करती है उसकी बातें सुन के मन खुश हो जाता है। कुछ ही दिनों पहले कहे रही थी की इसबार रक्षाबंधन मे आ रही है गाँव।

प्रथम दुबे : ये तो और अच्छी बात है, आएगी तो हम सब उससे मिल भी लेंगे।

[जगदीश सिंह जो की एकदम सुपर फास्ट एक्स्प्रेस बना हुआ स्टेज पे दाखिल होता है और एक किनारे खडा होकर बड़बड़ाने लगता है]

जगदीश सिंह : मालिक उनं मैडम बुला रही है (धीमी सी आवाज में)

प्रथम दुबे : क्या बोल रहे हो सुनाई नहीं दे रहा है।

जगदीश सिंह : मालिक C............O...........M.............E

प्रथम दुबे : अरे क्या बोल रहे हो इधर आके बोलो, हम बात कर रहे हैं।

जगदीश सिंह ; आजा आजा पिया अब तो आजा देख तो कैसी हालत हुई है।

जगदीश सिंह : आ जा रे यह मेरा मन घबराए देर ना हो जाए कहीं देर ना हो जाए।

जगदीश सिंह : आइए आपका इंतज़ार है। आइए आपका इंतज़ार है। आइए आपका इंतज़ार है।

जगदीश सिंह : आ आ जानेजाना ढूँढे तुझे दीवाना सिर्फ सपनों मे ही आए घर भी है जाना सनम। घर भी है जाना सनम।

प्रथम दुबे : नहीं आ सकता यहाँ तो वही से बोल दे क्यूँ पहेलिया बुझा रहा है?

जगदीश सिंह : यात्री गण कृपया ध्यान ना दें, मालिक आप जिसको मंडी हाउस समझ रहे है वो मंडी हाउस नहीं दरअसल कनॉट प्लेस है, और आप चाहते है की इस भरी सभा मे वो बात बोल दूँ जो बात है ही नहीं आपका पारिवारिक कलेश है?

[शर्मिंदगी के साथ साथ घबराहट भी है प्रथम दुबे के चेहरे पर। देख रहे है जल्दी जल्दी प्रथम चाय का कप रख के और अपना झोला उठा कर तुरंत जगदीश के पास आता है]

प्रथम दुबे : क्या हुआ बे डरा क्यूँ रहा है?

जगदीश सिंह : जनाब हम वो नहीं जो किसी को डराएंगे, हम आए ही इस कायनात मे आगाह करने थे कर दिये, अब कुछ ही क्षण मे वापिस चले जाएंगे।

प्रथम दुबे : मिलता हूँ बेटा बड़ा कवि बना फिर रहा है। आने दे।

जगदीश सिंह : जाते हो परदेश पिया जाते ही ख़त लिखना।

[देखते है फटाफट प्रथम दुबे अपने घर की तरफ़ निकल जाता है और स्टेज पे धीरे धीरे अंधकार छाने लगता है]

FADE OUT

पाँचवा दृश्य

[स्टेज पे देखते है की घर का एक कमरा दिख रहा है जहां पे प्रथम दुबे की पत्नी रचना ठाकुर गुस्से में बैठी हुई है और देखा जा रहा है की वो प्रेग्नेन्ट हैं पीछे दरवाज़े से झांक के दुबे देखता है और दबे पाँव कमरे के अंदर आता है झोला उतार के एक तरफ़ रख देता है और भोला भाला मासूम बनता हुआ सफ़ाई बिन मांगे देने लग जाता है]

प्रथम दुबे : पता नहीं क्यूँ लोग मेरी बातें समझते नहीं। मैं चार घंटे से बोले जा रहा हूँ की मुझे घर जाना है, मुझे घर जाना है, मेरी पत्नी बेचारी घर पे मेरा इंतज़ार कर रही होगी। सबको तो सिर्फ बकैती ही तो करनी होती है। किसी को मेरे स्वास्थ का ख्याल थोड़ी है, मैंने खाया या नहीं खाया, खाऊँगा या नहीं खाऊँगा इसका ख्याल थोड़ी कोई रखेगा। इस दुनिया मे कौन किसका है। पूरी दुनिया खुदगर्ज़ है सिवाय एक पत्नी के। मैं डरता हूँ क्या किसी से, सीना ठोक के कहता हूँ की दुनिया मे जितना प्यार मेरी पत्नी करती है उतना प्यार कोई कोई ही कर पाएगा। इस दुनिया मे वो मुझसे सबसे ज़्यादा प्यार करती है हालांकि गुस्सा भी कभी कभी हो जाती है लेकिन ज़्यादा देर गुस्सा उसका टिकता नहीं, गुस्से मे भी जब मैं आता हूँ तो वो बिस्तर से उठ के आके तुरंत मुझे गले लगा लेती है उसकी अनुभूति मैं क्या ही बताऊ, की कितना सुकून मुझे मिलता है।

        रचना ठाकुर : ज़्यादा ड्रामे मत करो आज कोई सुकून नहीं थप्पड़ मिलेगा। मेरा ख्याल तो कभी रखा नहीं इरा बिचारी नन्ही सी जान की तो फ़िक्र करलो।

[रचना ठाकुर बिस्तर से उतर के चप्पल पैर मे डाल के निकलती है]

रचना ठाकुर : अभी तक इंतज़ार में, ना मैंने कुछ खाया ना इस बेचारे ने। खैर औरों को क्या ही फ़र्क पड़ता है।

[रोमांटिक अंदाज मे प्रथम रचना का हाथ पकड़ के खींच लेता है अपनी तरफ़ और कानों मे बड़े प्यार से फुसफुसाहट के साथ पूछता है]

प्रथम दुबे : सच बताना खुश नहीं रख पा रहा हूँ न मैं?

रचना ठाकुर : ऐसी बात नहीं है प्रथम पर तुम खुद सोचो न, तुम्हारे 24 घंटे मे से हमारे लिए कितने मिनट होते हैं? मैं बस इतना चाहती हूँ की तुम्हारे दिन के इतने घंटों मे से हमें भी कुछ चंद लम्हे मिलें, काम के साथ साथ प्राइऑरटी वाली लिस्ट मे हम भी हो। बस इतनी सी ही तो चाहत रही है तुमसे।

प्रथम दुबे : सोचता हूँ की तूम्हे पाना यक़ीनन इसमे खुशकिस्मती मेरी है, तुम दासी नहीं मल्लिका हो इस दिल की, मांग लो सिर्फ लम्हा ही नहीं पूरी ज़िंदगी ही तुम्हारी है।

रचना ठाकुर : बातें तो नि:संदेह कर ही लेते हो, हो सके तो इसबार बदलाव भी ज़रूर करना प्रथम। कल को हमारा बच्चा होगा और ये जब देखेगा की मेरे बाप के पास ना मेरे लिए ना मेरी माँ के लिए वक़्त है तो सोचो उसपे कैसा प्रभाव पड़ेगा। सच मे कभी कभी लगता ही नहीं की मैं तुम्हारी पत्नी भी हूँ। ऐसा लगता है मुझमे और दुनिया मे कोई अंतर ही नहीं।

प्रथम दुबे : तुम कोमल, मृदभाषी, सर्वदा चहचहाती रहने वाली विहग हो, चाहने से रोक तो नहीं सकते किसी को लेकिन तुम जैसा कोई नहीं बन सकता तुम इस कायनात से अलग हो।

रचना ठाकुर : बस बस बहुत अच्छा लिखते हो। अब मुंह हाथ धो लो खाना लेकर आती हूँ।

प्रथम दुबे : सुनो ना एक बात बताओगी?

रचना ठाकुर : पूछो

प्रथम दुबे : आखिर खून तो मेरा ही है अगर मेरा बच्चा भी मेरे जैसा ही हो गया तो उसके जीवनसाथी की ज़िंदगी भी तो तुम्हारी जैसी ही हो जाएगी न?

रचना ठाकुर : मिस्टर स्टोरी राइटर साफ साफ यह क्यूँ नहीं पूछ लेते की मैं एक अच्छा बाप नही बन पाऊँगा क्या? मेरे होने से तुम्हारी ज़िंदगी बर्बाद तो नहीं हो गई ना? वगैरह वगैरह

प्रथम दुबे : अरे नहीं नहीं ऐसी कोई बात नहीं है मैं तो बस ऐसे...

रचना ठाकुर : क्या नहीं नहीं तुम दिमाग के घोड़े न ज़्यादा मत दौड़ाया करो, आई बात समझ मे? और हाँ तुम्हारे जैसे लोग ऐसे ही नहीं किस्मत से मिलते हैं प्रथम और यह बच्चा भी बहुत किस्मत वाला होगा जिसको तुम्हारे जैसा बाप मिलेगा।

[प्रथम दुबे अपने घुटने पे बैठ जाता है और रचना ठाकुर के पेट को चूमता है]

रचना ठाकुर : तुम मुंह हाथ धो लो मैं खाना लगाती हूँ।

[स्टेज पे लाइट रोमांटिक होती है और पीछे से गाना चलने लगता है तुझसे मेरा दिन धरम है मुझसे तेरी खुदाई - BULLEYA, इस गाने के दौरान प्रथम का

प्यार, परवाह दिखता है रचना के लिए। फिर प्रथम रचना को गोद मे उठाकर प्रथम बिस्तर के तरफ़ ले जाता है]

FADE OUT - CONT

[बाहर से दरवाजा खटखटाने की आवाज़ आ रही है। प्रथम बिस्तर से उठ के दरवाज़ा खोलता है तो देखता है जगदीश सिंह दो लोगों को लेकर आया है]

जगदीश सिंह : सर ये दोनों लोग आपसे मिलना चाहते हैं।

अरुण गोपाल : सर नमस्ते माफी चाहेंगे आपको परेशान करने के लिए।

नरेश नागपाल : हमें यशवंत साहू जी ने भेजा है वो आपसे मिलना चाहते है।

प्रथम दुबे : जी मैंने पहचाना नहीं और मुझसे क्यूँ मिलना चाहेगा कोई?

अरुण गोपाल : वो तो वही बता पाएंगे प्लीज आपसे रीक्वेस्ट है आप हमलोगों के साथ एकबार मिल आइए।

प्रथम दुबे : ठीक है, आया एक मिनट।

[प्रथम दुबे अपने रूम की तरफ़ गए और कपड़ा पहनने लगे और निकलते हुए देखते है की उनकी पत्नी सोई हुई है उसके माथे को चूम कर चादर ठीक करके चले जाते हैं]

FADE OUT

छठा दृश्य

[स्टेज पे देखते है की एक नया ऑफिस का सेटअप है पीछे गुबारा टंगा हुआ है और ब्रांडिंग पे लिखा हुआ है शिवांश पब्लिशर प्राइवेट लिमिटेड। वहीं पे दो लोग बैठे हुए हैं एक चाय पी रहा है तो दूसरा लैंड्लाइन पे बात कर रहा है तब तक अरुण गोपाल और नरेश नागपाल के साथ प्रथम दुबे आते है]

यशवंत साहू : आइए आइए नमस्कार, स्वागत है मधूपुर के सिरमौर श्री दुबे जी का।

शाश्वत त्यागी : (ऑन कॉल) हानजी हानजी हो जाएगा करता हूँ थोड़ी देर मे। अभी एक अति विशेष अतिथि आ गए है पहले इनसे बात कर लें। खड़े क्यूँ हैं बैठिए ना हम तो धन्य हो गए आपके दर्शन पाके। इस इलाके मे बड़ा नाम सुना है आपका। यूं कहें तो नायाब हीरे हैं आप।

[शाश्वत, अरुण गोपाल और नरेश नागपाल को इशारा करता है जाने के लिए और धीरे से बोलता है]

शाश्वत त्यागी : और हम हीरे को तरासते हैं। समझें?

यशवंत साहू : अरे भाई पहले चाय पानी तो पूछ लो।

शाश्वत त्यागी : दुबे जी कुछ चाय शर्बत लेंगे।

प्रथम दुबे : जी नहीं शुक्रिया, जान सकता हूँ मुझे यहाँ क्यूँ बुलाया गया है?

शाश्वत त्यागी : जी बिल्कुल जान सकते हैं, हमारे पास एक प्रस्ताव है जो पिछले 4 साल से हम आपको दे रहे है पत्र के माध्यम से। आपको हर बार हमने आमंत्रित किया अपने दिल्ली वाले ऑफिस पे लेकिन आपका कभी कोई जवाब ही नहीं आया।

प्रथम दुबे : अच्छा तो वो यशवंत साहू आप ही हो? (शाश्वत की तरफ़ देख के)

यशवंत साहू : जी नहीं, मैं हूँ यशवंत साहू और ये शाश्वत त्यागी। दुबे जी बात दरअसल ये है न की हम चाहते है की आपकी यह जदोजहद वाली ज़िंदगी से आपको छुटकारा दिला दें। कैसे सुबह से शाम तक चबूतरे पे बैठे बैठे छाले पड़ जाते होंगे है न? आपका भी मन करता ही होगा की आराम करें एक गाड़ी हो नौकर चाकर हाली मोहाली लगे रहे। बीवी को लेकर कभी विदेश दौरा करें, अपने शादी के सालगिरह पे उनके लिए कोई महंगा उपहार दें। सही है की नहीं है? लेकिन क्या है ना दुबे जी उसके लिए मोटा पैसा चाहिए होगा और वो आपको नुक्कड़ नाटक और 100-200 लोगों को लेकर उनसे वाह वाही बटोर लेने से नहीं मिलेगा। और आप तो यह भी नहीं कह सकते की कैसे कमायें इसका ज़रिया नहीं मालूम। सारे ख़त आपको समय समय पर मिलते रहे हैं. जिसमे साफ साफ विवरण के साथ लिखा था की आप अपनी लिखी हुई कविता या कहानी, नाटक, शायरी हमें दे दीजिए, और हम उसको पब्लिश करेंगे और हम आपको उसके बदले एक बढ़िया कोठी और PERCENTAGE भी हर सेल पे देते रहेंगे। लेकिन कुछ लोगों से पता चला की करोड़ों मिल जाये तो भी आप अपनी सोच पे अडिग रहेंगे और शायद ज़िंदगी भर वैसे ही तमाशगीन की तरह चौराहे पे तमाशा करते रहेंगे। अब क्या बताऊ दुबे जी कुछ बड़े समझदार लोग आज भी उसी वक्तव्य को समय समय पर चरितार्थ करते रहते हैं। जानते हैं क्या? कुत्ते को घी हजम नहीं होता।

प्रथम दुबे : कब से समझने की कोशिश कर रहा था की आखिर मुझसे नाराजगी का कारण क्या हो सकता है? अब समझ में आया की महोदय का प्रयोजन पूरा ना होना इस बात का ही उन्हे टीस

है, और हक़ीक़तन आप जिसे ना हजम होने वाला घी बता रहे है वो कलात्मक व्यक्ति के लिए विष है। आप यही चाहते है न की मेरी लिखी हुई कविता कहानी को छाप के उसको मनमाने दामों पे बेचें। तो ये हरगिज़ संभव नहीं है। मुझे देखने सुनने वाले सूट बूट वाले ही नहीं वो भी है जिनके घर मे दिन के एक पहर मे ही रसोई जलती है। मेरे सुनने वालों में से वो भी जिनके महीने की कमाई किताब पढ़ने वालों के घंटे की कमाई से भी कम है। मुझे देखने वाले वो है जिन्हे पता है महीने दो महीने मे उनके लिए एक नाटक तैयार करूंगा और वो उसका आनंद फ्री मे उठायेंगे। लेकिन होगा क्या, जब वो नाटक देखने के लिए दाखिल हो रहे होंगे तो उन्हे गेट पर ही रोक दिया जाएगा। यह कह के की तुमलोग को एक रकम देनी होगी, उस व्यक्ति के नाटक को देखने लिए जो हमेशा से तुम्हारे लिए मुफ़्त मे मनोरंजन करता और

कराता आया है। नहीं नहीं ये मुझसे नहीं हो सकता, मैं चलता हूँ नमस्कार।

[प्रथम दुबे उठते है निकलने के लिए तभी उन्हे बैठा लिया जाता है]

शाश्वत त्यागी : अरे अरे दुबे जी ऐसे कैसे, इतना आसान है क्या, हम कुछ बोल रहे हैं और आप हमारी बात बिना सुने उठ के चले जाए।

यशवंत साहू : देखिए दुबे जी आखिरी बार हम आपको समझा रहे है और आप समझदार हैं भी, कब तक ऐसे ही गली चौराहे पे ड्रामा नौटंकी करते रहेंगे अभी भी समय है हमारे साथ अग्रीमेंट कर लीजिए जैसा की बताया अग्रीमन्ट के तुरंत बाद एक कोठी, एक

लग्ज़री गाड़ी और हर सेल पे 50-50 नहीं 80-20 का पार्ट्नरशिप और यहाँ मधूपुर वाले ऑफिस का INCHARGE भी आपको बना दिया जाएगा। बोलिए तो AFFIDIVIT तैयार कराए?

प्रथम दुबे : आपलोग तो हद बेशर्म इंसान हो आपको शुरू से बोलते आ रहा हूँ की मुझे आपके किसी प्रस्ताव मे कोई दिलचस्पी नहीं है, लेकिन आपलोग धमकी और तमाम तरह का प्रलोभन दिये जा रहे हो। आखरी बार बोल रहा हूँ पहले भी आपका प्रस्ताव ना मंजूर था और ना कभी होगा। शुक्रिया आपके इतने कीमती वक़्त के लिए, चलता हूँ।

[प्रथम दुबे उठ के निकलने लगते है जैसे दरवाजा के पास पहुचते है तब तक शाश्वत त्यागी आवाज लगाते हैं]

शाश्वत त्यागी : हम धमकी नहीं आपको आपका भविष्य दिखाने की कोशिश कर रहे थे जाओ और एक आध शायरी या कहानी अधूरी रह गई हो तो पूरी कर लेना।

प्रथम दुबे : आपलोग मुझे ओपन DEATH THREAT दे रहे हैं, चलिए जल्दी मिलते है क़ानूनी प्रक्रिया के साथ।

यशवंत साहू : फट आपकी भी रही है लेकिन दिखे ना किसी को इसका खासा ध्यान दे रहे है जो की अच्छी बात है (हंसने लग जाते है) आप थोड़ा फिक्शन लिखते लिखते वास्तविकता भूल चुके है की क़ानून गिड़गिड़ाने से नहीं उसके मुह पे नोट गिराने से चलता है। खैर दुर्घटना तो किसी के साथ भी हो ही सकती है ना जैसे आप यहाँ से जा रहे है तब तक कोई गाड़ी आके आपको मार दे, आप कहीं चाय नाश्ता कर रहे हो की उसके तुरंत बाद आपकी मृत्यु हो जाये और जब कारण तलाश किया गया तो पता लगा की कोई मरी हुई छिपकली दूध मे पड़ी थी। या घर मे आप सोये हुए है तब तक शॉर्ट सर्किट से आग लग जाए। या ऐसी ही तमाम

आपदाओं में से किसी का शिकार हो जाये। खैर आप जाइए ALL THE VERY BEST AND STAY SAFE AND HEALTHY ☺

[और देखते है की यशवंत और शाश्वत दोनों हाथ जोड़े खड़े है और प्रथम दुबे वहाँ से निकलते हैं।]

FADE OUT

सातवा दृश्य

[स्टेज पे देखते है की पाँचवा दृश्य वाला सेटअप है प्रथम के कमरा का। देखते है की रचना ठाकुर वैसे ही सो रही है तब तक प्रथम दुबे प्रवेश करता है देखने मे लगता है की प्रथम बहुत ज्यादा अप्सेट है। कपड़े निकालते हुए कुछ ख़ुद से ही बड़बड़ा रहा है और एक कुर्सी लाकर टेबल के सामने पैर रख कर बैठ जाता है। बेचैनी देख उसकी मानसिक स्थिति समझ आ रही होती है तब तक वो उठ के एक अटैची से दारू की दो भरी बोतल और सिगरेट लाकर पीने लगता है। थोड़ी देर बाद जब रचना की नींद खुलती है तो देखती है की प्रथम एकदम नशे मे धुत है और लगातार शराब सिगरेट पिये जा रहा है। रचना कुछ सोच नहीं पा रही है आखिर हुआ क्या है अचानक से, रचना जैसे तैसे प्रथम को संभालती है]

रचना ठाकुर : क्या हुआ प्रथम, क्या हुआ कुछ बोलो भी, प्रथम।

प्रथम दुबे : हटो मुझे जल्दी जल्दी किताब पूरी करनी है।

[लड़खड़ाते हुए कुर्सी से उठता है और अपने बॉक्स से डायरी निकालता है तब तक जो लेटर यशवंत और शाश्वत ने इतने सालों मे भेजे थे वो सब बाहर गिर के उड़ने लगते हैं]

प्रथम दुबे : कितने महान आदमी थे जिन्होंने धमकी नहीं सलाह दी है की मैं अपनी बाकी की सारी शायरी, कहानी और नाटक को पूरा कर लूँ, क्यूंकी कभी भी कुछ भी आपदा या दुर्घटना हो सकती है मेरे साथ (हाहाहाहा पागलपन वाली हंसी।)

रचना ठाकुर : मुझे तो कम से कम बता दो, की आखिर हुआ क्या है? प्रथम किसी ने कुछ बोला है क्या?

[रचना प्रथम के हाथ से शराब की बोतल छिन लेती है]

रचना ठाकुर : शराब अब एक बूंद भी नहीं छूओगे। बताओ क्या हुआ है?

प्रथम दुबे : वो यशवंत और शाश्वत तुम्हें याद है?

रचना ठाकुर : हां वही न शिवांश पब्लिशर प्राइवेट लिमिटेड वाले जिनका लगातार पत्र आया करता था?

[प्रथम दुबे मुस्कुराता है]

प्रथम दुबे : DEATH THREAT दे रहा था साला, एक बाल नहीं उखड़ेगा मेरा उससे, पर बात से तो BC पानी मे आग लगा दे। (हाहाहाहा)

रचना ठाकुर : प्रथम पागलपन मत करो किसी बात को हल्के मे मत लो और यह शराब की बोतल तुमने कसम खाई थी न? फिर भी यही करना है ITS OKAY।

प्रथम दुबे : मेरी जान प्रथम खुशी में नहीं ग़म मे ही रम को पीता है, बदकिस्मती देखो उनकी वो लोग उसको मौत की धमकी दे रहे है जो वास्तविकता से ज्यादा किरदार मे जीता है। (जोर जोर से हसने लग जाता है)

रचना ठाकुर : प्रथम कर दो ना जो वो कह रहे है, खामखा क्यूँ बैर लें हम। बाबू खुद सोचो न की तुम कितना डिजर्विंग हो, और जो इतना कुछ डिजर्व करते हो आजतक मिला है क्या तुम्हे? इतने बड़े बड़े ऑफर को ठोकर मारा है तुमने उसके बदले में आजतक किसने तुम्हे क्या दिया है? दो मिनट ख़ुद सोचो बुराई क्या है? हम क्यूँ सोचे की हमे समाजसेवा करनी है, कोई भी अपना नहीं है प्रथम आज की दुनिया मे। लगता है तुम भूल गए वो दिन कैसे एक एक पैसे के लिए हम कितना तड़पे हैं सोचो आज उनलोगों के साथ अगर हमने हाथ मिला लिया तो वो लोग हमें मुह मांगी कीमत और शेयर भी देंगे। और इतना ही नहीं जब भी तुम्हारी बुक पब्लिश हुआ करेगी तो तुरंत वर्ल्डवाइड बेस्ट सेलर हो जाएगी तुम मधूपुर ही नहीं कलम के दम से पूरी दुनिया पे राज करोगे

जैसे मधूपुर को लोग तुम्हारे नाम से जानते है वैसे हिंदुस्तान को भी लेखक प्रथम के नाम से जानेंगे। प्लीज माँ जाओ ना।

प्रथम दुबे : ह्‌ इतना लोभ देने से बेहतर होता की तुम मुझे ज़हर दे देती। मैं समझ नहीं पा रहा हूँ की तुम वही हो जिसको मैं जानता हूँ तुम वही हो जिसके सीने मे फौलाद बसा करता था और आज उसी को देख रहा हूँ कायरों की तरह बात करते हुए। और मुझे, प्रथम दुबे को बोल रही है की मैं उनके पैरों मे जाकर बैठ जाऊ तो सुन लो हरगिज़ नहीं इतनी चाहत है तो उनको बोलना ये सर काट कर अपने चरणों मे रख लें जीते जी असंभव है, असंभव।

रचना ठाकुर : हाँ कर रही हूँ कायरों जैसी बात चाहती हूँ की तुम उनके कदमों मे सर रख दो, क्यूंकी मैं तुम्हारी बीवी हूँ और तुम्हें खोना नहीं चाहती समझे। नहीं चाहती की कोई गाड़ी से तुम्हें रौंद दे या गोलियों से छल्नी कर दे समझे (रचना प्रथम के सीने पे हाथ मार मार के रो रही है)

प्रथम दुबे : एक बात कान खोल कर सुन लो अगर लेखक प्रथम दुबे जैसा हो, तो वो लिखता है बिकता नहीं। और जो रास्ता तुम दिखा रही हो उससे हज़ार गुना अच्छा है की मैं आत्मदाह कर लूँ। और आज अपने पूरे होशो हवास मे कह रहा हूँ अगर कोई मुझे रौंद दे या गोलियों से छल्नी कर दे तो तुम स्वतंत्र हो किसी से भी शादी करने के लिए, और ये मौखिक मे नहीं बल्कि लिखित में दे रहा हूँ।

[प्रथम को देखते है एक डायरी लिख रहा है और नीचे बैठी रचना चीख चीख के रो रही है, प्रथम रचना को रोता बिलखता छोड़, गुस्से मे दरवाज़ा ज़ोर से बंद करके घर से निकल जाता है। तभी धीरे धीरे मंच पर अंधकार छाने लगता है]

FADE OUT

आठवा दृश्य

[स्टेज पे देखते है की वही ऑफिस का सेटअप है पीछे गुबारा टंगा हुआ है और ब्रांडिंग पे लिखा हुआ है शिवांश पब्लिशर प्राइवेट लिमिटेड। वहीं पे दो लोग बैठे हुए हैं एक के हाथ मे क्यूब है तो दूसरा पाँच सौ वाले नोट को चेक कर रहा है तब तक ललन मोची उस लड़की नैना को लेकर आते है जिसको पढ़ने के लिए प्रथम ने कोलकाता भेजा था।]

ललन मोची : माई बाप प्रणाम इहे है उ लौंडिया नाश्ता और मिठाई वाली की बिटिया।

यशवंत साहू : अच्छा यही है नैना बिटिया आओ आओ बैठो, अरे घबराओ मत बैठो कुछ करेंगे थोड़ी। सुना है पढ़ाई मे बहुत दिलचस्पी है वैसे कौन सा सब्जेक्ट ज़्यादा पसंद है तुम्हें?

नैना : जी गणित मुझे बहुत अच्छा लगता है।

यशवंत साहू : वाह ये तो बहुत अच्छी बात है तुम ना एक हेल्प करोगी क्या? ये कितने पैसे है एकबार गिन के बता सकती हो क्या?

शाश्वत त्यागी : बेटा गिन के बताओ, गिनो।

[नैना घबराहट के साथ धीरे धीरे हाथ बढ़ाके पैसा उठाती है और गिनना शुरू कर देती है। तभी पाँच हज़ार उठा के शाश्वत उस ललन मोची को देता है और ललन उनके पैरों मे चमचे की तरह बैठ जाता है]

नैना : जी ये 24 हज़ार है।

यशवंत साहू : ये लो दो पाँच सौ का नोट अब कुल 25 हज़ार हो गए ना?

नैना : जी

यशवंत साहू : सब रख लो ये सब तुम्हारे है।

नैना : मेरे?

शाश्वत त्यागी : हां तुम्हारे, बस तुम्हें हमारा एक काम करना होगा।

यशवंत साहू : और उस काम के बदले हम, तुम्हारी आगे की पढ़ाई के लिए जितना भी तुम पढ़ना चाहो उसका सारा खर्च हम देंगे। हमारे जानने वाले है उनसे सिफ़ारिश कर IIT मे दाखिला दिला देंगे। एक बढ़िया सा कंप्युटर और हर महीने खर्च के लिए एक मुकम्मल नगद भी भेज दिया करेंगे। तुम्हारे माँ बाप के लिए एक बड़ा सा होटल खोल देंगे जिसमैं बहुत सारी सुविधाएँ होंगी।

नैना : लेकिन करना क्या होगा?

शाश्वत त्यागी : लेखक पे रेप का झूठा आरोप लगाना है।

नैना : प्रथम चाचू पे?

शाश्वत त्यागी : हां

नैना : नहीं नहीं ये कभी नहीं हो सकता।

शाश्वत त्यागी : सोच लो एकबार हम फिर से ऑफर दोहरा दे रहे है तुम्हारे लिए। अभी 25 हज़ार रुपये, आगे की जितनी पढ़ाई सबका खर्च, IIT मे बिना टेस्ट या परीक्षा के दाखिला, हॉस्टल का खर्च, पढ़ने के लिए कंप्युटर, हर महीने खर्च के लिए पैसे, माँ बाप के लिए बडा एक होटल।

यशवंत साहू : बेटा तुम खामखा इतना सोच रही हो इसमे कोई पाप वाली बात थोड़ी है। हम तो बस समाज मे जागरूकता फैला रहे हैं की ऐसा भी हो सकता है और देखो तुम्हारी जगह दुनिया की किसी भी लड़की को ये ऑफर दे दिया जाए तो ना नहीं कहेगी। बेटा हम पे विश्वास रखो किसी को नहीं पता चलेगा जिस दिन की यह घटना होगी उसी दिन सुबह तुम्हें हवाई जहाज़ से कलकता या कोटा भेज देंगे। तरस आता है बेचारे तुम्हारे माँ बाप कितनी मेहनत करते है दिन रात एक एक पैसे के लिए की उनकी एकलौती बेटी को अच्छे से पढ़ा सकें। और दुनिया की हर औलाद तो यही चाहता है की जल्द से जल्द वो स्वावलांबी बन जाए और अभी ये 25000 कितना मदद करेगा, खैर सोच लेना और क्या ही बोलू।

[चेहरा देख के लग रहा है की अब पैसे का लोभ नैना पे अपना डेरा डाल रहा है]

नैना : करूंगी।

शाश्वत त्यागी : शाबाश ये हुई ना बात अब सुनो रात 11:24 के करीब वो मस्ताना चाचा की दुकान से घर के लिए निकलता है अब कैसे क्या करना है मैं तुम्हें बाताता हूँ।

[देखते है की नैना के दोनों तरफ़ से यशवंत और शाश्वत आके बैठ जाते है और सारा प्लान समझाने लगते हैं। धीरे धीरे प्रकाश मंच से धूमिल होने लगता है]

FADE OUT

नौवा दृश्य

[देखते है स्टेज वही है पहला दृश्य वाला। स्टेज के दाहिने तरफ़ एक चबूतरा और एक पेड़ है और बायें तरफ एक चाय की टपरी है जिसपे लिखा है मस्ताना चाय और वही कुछ बेंच और टायर बैठने के लिए रखे हुए हैं। स्टेज के बीचों-बीच एक बड़ा सा बोर्ड दिख रहा है मधूपुर रेल्वे स्टेशन का। रात का वक़्त है लालटेन या लाइट जल रही है स्टेज पे जो बेंच है वहीं पे प्रथम दुबे शराब पीके सोया हुआ है पीछे से किसी ट्रेन के पास होने की आवाज़ आ रही है।]

मस्ताना चाचा : बेटा इधर मत सो अंदर काहे नहीं जाके सो जा रहे हो?

प्रथम दुबे : चाचा हम सो नहीं रहे बस मतलबी दुनिया का दस्तूर देख रहे है, आज राह चलते कोई भी जान से मार देने की धमकी तक दे देता है और हम ख़ुद की नज़रों मे खुद को कितना मजबूर देख रहे है। खैर आप सोइए मैं भी निकलता हूँ।

[प्रथम जब उठता है तो नशे से पैर डगमगा रहा होता है और गिरते गिरते बचता है]

मस्ताना चाचा : तुम्हारी हालत ठीक नहीं है, ठीक से चल भी नहीं पा रहे हो, घर जाओगे कैसे?

प्रथम दुबे : देखिए चाचा जा रहे है, आप टेंशन मत लीजिए हम चले जाएंगे.........हम चले जाएंगे।

[प्रथम लड़खड़ाते हुए जा रहा है सुनके लग रहा है कुछ बोलने की कोशिश कर रहा है लेकिन मुंह से साफ़ शब्द निकल नहीं पा रहे है। तभी सामने से नैना आके प्रथम के रास्ते मे रोती हुई खड़ी हो जाती है देख के लग रहा है उसका

मन बदल गया है कुछ बुरा नहीं करेगी। तब तक रोता देख प्रथम नैना के सर पर हाथ फेरता है और चुप कराने के लिए उसके मुंह को सीने पे रखता है।]

प्रथम दुबे : बेटा क्या हुआ बोलो, किसी ने कुछ बोला तुम्हें, डांटा है क्या किसी ने बोलो नैना क्या हुआ?

[तब तक नैना अचानक से अटैक कर देती है और प्रथम ये क्या कर रही हो पूछता रहता है, तब तक प्रथम के कपड़े फाड़ देती है मुंह पे नाखून के निशान मार देती है। दोनों हाथों पे दांत काट लेती है, और बहुत ज़ोर ज़ोर से चिलाने लगती है और कुछ लोग दर्शकों के बीच से, कुछ बाहर से, कुछ लोग लाइट रूम से, पूरे गाँव को इककट्ठा कर लेती है]

[सबसे पहले अरुण गोपाल और नरेश नागपाल आते है जो की त्यागी और साहू के भेजे हुए चमचे हैं फिर गाँव के सभी लोग आ जाते है और नागपाल और गोपाल सबको भड़काना शुरू कर देते है।]

नरेश नागपाल : ऐसे लोगों को तुमलोग भगवान मान के बैठे थे जो दसवी मे पढ़ रही बच्ची तक को नहीं छोड़ता।
अरुण गोपाल : मेरा बस चले तो इसको इस काम के लिए जान से मार दूँ। रेप करता है बच्ची का साला रेपिस्ट।

[पीछे से आवाज आने लगती है मारो इसे ऐसे घटिया लोगों को जीने का कोई हक़ नहीं, सबलोग मिलके मारने लगते है। दर्शकों की तरफ़ से जूता चप्पल चलने लगता है स्टेज पर। प्रथम को मारते मारते दर्शकों के बीच भी लेकर जाते हैं और दौड़ा के पीटते है, कोई बोलता है छोड़ो मत जान से मार दो। अब धीरे धीरे पीटते हुए प्रथम वहीं बेहोश हो जाता है दर्शकों के बीच। नैना स्टेज पे वैसे ही खड़ी है उसकी माँ रोती हुई आती है और नैना को लेकर घर चली जाती है। पीछे से कोई आवाज लगाता है की घर फूँक दो। इसकी बीवी को गाँव से निकाल दो।]

[देखते है की स्टेज पे सब खड़े होकर गाली दे रहे है सबसे ज्यादा बलवंती चाची भला बुरा कह रही है सब धीरे धीरे अब प्रथम को बेहोश देख सोच रहे है की मर गया, सब लोग एक एक कर अपने अपने घर चले जाते है]

[बहुत मुश्किल से हिम्मत करके थोड़ी देर बाद प्रथम उठता है, देखते है की कपड़े फटे हैं, शरीर पे चोट, मुंह काला, और टपकता हुआ खून दिख रहा है। गिरता पड़ता हुआ स्टेज पे चढ़ता है और अपने घर की तरफ़ जा रहा है और धुंधली धुंधली नज़रों से देखता है की सामने से एक औरत आ रही है जो इसको पहचान मे नहीं आती है, नज़दीक आती है तो पता लगता है वो उसकी बीवी रचना ठाकुर है जो रो रही है]

प्रथम दुबे : तुम तो कम से कम सुन लो।

रचना ठाकुर : जितना सुन लिया उतना काफ़ी नहीं है। शुक्रिया मुझे ग़लत साबित करने के लिए की तुम बहुत अच्छे हो, तुम अच्छे नहीं एक नंबर के घटिया चरित्रहीन और नीच इंसान हो।

प्रथम दुबे : कम से कम तुम तो ग़लत मत समझो मैं कलम और आने वाली नस्ल की कसं खाके कह रहा हूँ कुछ नहीं किया मैंने।

[रचना ठाकुर प्रथम दुबे के मुंह पे थूक देती है]

रचना ठाकुर : थू शर्म आनी चाहिए तुम्हें, कलम और आने वाली नस्ल की झूठी कसम खाने के लिए। और नस्ल की बात चल ही गई तो तुम्हें क्या लगता है ऐसी घटिया नस्ल को मैं जन्म दूँगी? हरगिज़ नहीं। आज से अपने आपको मैं बिधवा समझूँगी। आज से तुम मेरे लिए मर गये।

[प्रथम के सामने ही मांग की सिंदूर पोंछते हुए निकल जाती है और स्टेज पे ही बेहोशी के हालत मे प्रथम गिर जाता है]

[तभी गोपाल और नागपाल दोनों चुपके से आते है और हाथ पैर पकड़ के रेल्वे ट्रैक पे ले जाकर फेंक देते हैं कुछ देर आपस में बात करते हैं, की बाहर चल के सिगरेट पीते हैं तब तक कोई ट्रेन भी आ जाएगी फिर निकलेंगे।]

[बाहर आके वो लोग कोई नोकिया का फोन निकाल के अपने बॉस को अपडेट दे रहे है की सर सब कुछ सॉरटेड है अगली कोई भी ट्रेन आ जाए तो लेखक महोदय की कहानी कल के अखबार मे छप जाये उधर से त्यागी बोल रहा है की लेखक की मौत देखना सबको नसीब नही होता, तुम तो कम से कम देख के ही आना]

[तब तक एक ट्रेन की दूर से आवाज आती है और हॉर्न देते हुए ट्रेन गुजरती है तब तक प्रथम बहुत ज़ोर से चीखता है तभी गोपाल नागपाल हँसते हुए बाहर से ही निकल जाते हैं]

FLASHBACK END……

पहला दृश्य

[सुबह तकरीबन 05:30 का समय हो रहा है, स्टेज के दाहिने तरफ़ एक चबूतरा और एक पेड़ है और बायें तरफ एक चाय की टपरी है जिसपे लिखा है मस्ताना चाय और वही कुछ बेंच और टायर बैठने के लिए रखा हुआ है। स्टेज के बीचों-बीच एक बड़ा सा बोर्ड दिख रहा है मधूपुर रेल्वे स्टेशन का, बादल की तेज़ गड़गड़ाहट और रौशनी स्टेज पे आ रही है और तेज़ हवाओं के साथ कुछ पत्ते स्टेज पे उड़ते हुए गिर रहे है। पहले सीन मे जैसे सबकुछ ठहर गया था सब कुछ वैसा ही दिख रहा है लगातार बुरा भला बलवंती चाची बोल रही है।]

बलवंती चाची : हराम का खाने और हमारे सर पे बोझ बनने के लिए जिंदा है क्या जरूरत थी जान बचाने की कम से कम हम तो चैन से जी पाते अब भी दूध इतना नहीं फटा की चाय ना बन सके। अभी से भी अगर मर जाए तो मैं भगवान को प्रसाद चढ़ाऊँगी।

[आँखों मे आँसू भरे प्रथम बलवंती चाची की तरफ़ देखता है और वही पे मस्ताना चाचा नि:शब्द सर झुकाए काम कर रहे है]

बलवंती चाची : देखो देखो कैसे हवस भरी नज़रों से देख रहा है हवसी कहिका इसका क्या भरोसा बेटी की उम्र की लड़की को जो हवस का शिकार बना सकता है वो माई के उम्र की औरत को छोड़ देगा क्या भरोसा इस दानव का.....डर लगता है ऐसे दानवों से जो अपने हवस के सामने बच्चे बच्चियों तक को नहीं छोड़ते। वो तो

भले लोग थे दिगम्बर और सुनीता जो पुलिस तक ये मामला नहीं जाने दिया, मैं होती तो फांसी पे लटका देती इस हरामी की औलाद को। कैसे टुकुर टुकुर देख रहा है ये भी ना हुआ की किसी रेल के सामने आके मर जाए बे-हया कहिका।

[पहिया वाली कुर्सी से प्रथम उतरता है और अपनी बैसाखी उठा के निकल जाता है वीरान रास्ता होते हुए अपना आत्मदाह करने, तभी हवा बहुत तेज़ हो जाती है चारों तरफ़ धूल मिट्टी, तेज गड़गड़ाहट के साथ बिजली कड़कती है। तभी दूसरी तरफ़ से दो लोग आते दिख रहे हैं उनमे से एक के हाथ मे तलवार है और दूसरे के हाथ मे रस्सी, ज्यों ज्यों नजदीक आ रहे है तलवार को देख प्रथम हंसने लगता है और क़रीब आते ही तलवार आरपार कर देते हैं। प्रथम के हाथ से बैसाखी छूट जाती है और प्रथम नरेश नागपाल के शरीर पे ही गिर जाता है। तभी उसके एक पैर को बांध के अरुण गोपाल ऊपर टांग देता है और दोनों चले जाते है। स्टेज के बीचों बीच प्रथम की लाश हवा मे लटक रही होती है]

VOICEOVER : सुकून नहीं मिला यहाँ आकर भी, संतुष्ट नहीं हुआ सब कुछ पाकर भी। कभी जद्दोजहद नहीं रही की दुनिया कदमों मे झुका दूँ लेकिन जो था चंद सम्मान वो भी महफ़ूज गया, एक आंधी उठी अफवाह की उसमे ख्याति का दीया एक झटके मे बुझ गया।

THE END

www.ingramcontent.com/pod-product-compliance
Lightning Source LLC
Chambersburg PA
CBHW021811150726

47989CB00004B/1888